식장산

지혜사랑 304

식장산

정순자 시집

지혜

시인의 말

어린 소녀가 꿈꾸던 봄날이 있었습니다 가도 가도 그 봄
날이 오지 않더니 오늘에서야 봄 하나 피어나고 있습니다

차례

1부

2부

3부

4부

5부

1부

컴백 홈

일광욕하고 운동하라고 닭장 문을 열자
청계 수탉 한 마리가 파드닥 울타리 밖으로 날아간다

곧 돌아오겠지
기다려도 돌아오지 않아
주변을 샅샅이 뒤졌지만 보이지 않는 청계 수탉

순간 수탉에게 내가 무얼 서운하게 했나 생각해 봐도
딱히 잡히는 게 없다

먹을 것 충분히 주겠다
암탉 10마리 거느리고 있겠다
날마다 제 집인 양 날아와 놀아주는 참새들 있겠다
왜 가출한 걸까

염불 소리 들으며 득도라도 하러 山寺로 간 걸까
다시 부는 바람처럼 다른 암탉 찾아 나선 걸까

날 어두워지고
안 되겠다 싶어 다시 닭장에 가보니
집 나가면 닭 고생이란 걸 깨달았는지
닭장 주위를 빙빙 돌고 있는 수탉

>
암탉들은 집 나간 서방 맞이하듯
꼬옥꼬옥 꼭꼭꼭 소리 내며 더 안달이다

닭장 문 열어 주고 돌아오는데
자꾸 옛날 생각이 났다

대청호반 갈대

해가 서산으로 기울면 대청호반 갈대들은 바쁘다 물새님
오늘밤 갈대밭으로 놀러 오세요 오리님 고니님 오늘밤 갈
대밭으로 놀러 오세요 애기붕어님 개구리님 오늘밤 갈대밭
으로 놀러 오세요 대청호반 갈대는 호반 식구들 모두 모아
갈대밭에 숨겨 놓고 호수와 달이 밤이 새도록 속삭이는 사
랑 이야기를 가만가만 엿듣는다

썰매

공주를 지나다
우리 부부는 눈썰매장 개장했다는 현수막을 보고
추억이 발동하여 금학동 썰매장에 들어섰다

괜찮으시겠냐고 조심스레 묻는 안내원의 말을
듣는 둥 마는 둥 팽개치고
우리 부부는 신나게 웃으며 꽃무늬 장식한 썰매를 타고
내려오는데

썰매 타러 온 젊은 세대들이
웃으면서도 모두 걱정스런 눈빛으로 우릴 보았다

허리도 뻐근 뻐근
다리도 후들 후들거리는데 애써 표정을 감추고 일어났다
하마터면 꽃무늬 썰매가 꽃상여 될 뻔했다

차에 올라타자마자
철모르는 마음을 혼내주려 찾아보지만
아무리 찾아도 그 마음 보이지 않았다

삼식三食님

어머니 팔순 잔칫날

기분 좋게 나는 한복 입고
열 일하겠다고 덩실거리며 다녔다

마당에선
긴 호스에 가스 불 연결해 육개장을 끓이고 있어
간을 보겠다고 왔다 갔다 하다
장난기 발동한 바람에 의해 한복 치마 뒤쪽에 불이 붙었다

나도 모르게 치마가 불타고
다들 당황해서 얼굴이 붉게 타오르고 있을 때
오빠와 동생마저 어쩔 줄 몰라 애타고 있을 때

남편이 달려와
옷에 붙은 불을 끄고 가스 불 잠그고
마지막엔 불에 녹은 호스를 잘라 다시 연결시켜 주었다

불타 죽을 뻔한 아찔한 순간이
내 목숨을 화살촉처럼 획 – 스치고 간 순간이 지나갔지만

언니 옷 빌려 입고

팔순 기념 가족사진 찍을 때까지도 놀란 토끼 눈이었다

그날 이후 내 안엔 사랑이가 자랐다

이마에 호스 줄 같은 주름살이 늘어나는 남편이
아직도 내겐 알랭드롱이다

지금도 삼식님 점심상 차리고 있다

장수오리

초복이었어요

아들 내외와 이제 막 걸음을 떼기 시작한 쌍둥이 손자 연
우 현우를 데리고
수통골 장수오리 집에서 오리고기를 먹었어요

푹 익은 오리고기와 녹두죽을
연우 현우가 맛있게 잘 받아먹었어요

아들 내외도 좀 편히 먹으라고
서둘러 식사를 하고 나는 연우 현우를 데리고 나왔어요

의자에 앉아 쉬는 중에
연우 현우가 투니투니 춤을 추면서 놀다가
연우가 화단 턱에 걸려 넘어져 이마와 얼굴이 까지고 피
가 났어요

오리를 먹었으니
몇 시간만이라도 오리의 힘으로 균형 잡고
파닥파닥 넘어지지 않았으면 좋았으련만

안절부절못하는 내 모습이

놀란 오리 같았어요

연우 현우에게 홀딱 반해 깨춤 추는 내 모습에
질투가 난 초복의 심술이었다는 걸
돌아오는 길에 깨달았어요

겁주려던 것이

날마다 술주정하는 내 친구 순실이 아버지

학교 수업 끝나고 집에 돌아올 때면
순실이 아버지는 장터에서 술을 잔뜩 먹고
휘청휘청 집으로 걸어가곤 했다

매일 저러고 어떻게 살지?
어린 내 안에도 걱정이 일었다

집에 가서는
순실이 엄마가 반기지 않는다고
뒷산에 가서 목매 죽는다고 잔뜩 겁을 주고는
소나무 밑에 돌을 받쳐놓고 올라가
새끼줄에 목을 걸곤 하였는데

그때마다 순실이 오빠가 따라가 데려오기를
몇 년 동안 계속 이어졌다

그날은 순실이 오빠가 집에 없었는데
순실이 아버지는 여전히 목매겠다고 소나무에 목을 걸었
다가
그만 받쳐놓은 돌에 미끄러지는 바람에

아주 가고 말았다

순실이 아버지가 목매 죽은 소나무 바로 위에는
내 할아버지 할머니 산소가 있어
산소에 갈 때면
술 취한 순실이 아버지가
겁주려던 것이, 겁주려던 것이 하는 소리가 들리는 듯하여
머리카락이 쭈뼛쭈뼛 선다

살 빼야지

가을 동창 모임에서 등산 갈 때 입겠다고 비싸게 주고 산
포근하고 따스한 등산바지

허리 치수가 빠듯하여 한 치수 올려 살까 망설이다
내가 살을 조금 더 빼야지 하며 사서
옷장 속에 걸어둔
예쁜 등산바지

마곡사 태화산 등산갈 때 입지 못하고
그 옛날 어릴 적 우리 집 앞 냇가 징검다리까지 따라와 바
짝 쫄게 했던
덩치 큰 승기가 미끄러우니 조심하라고 스틱도 건네주며
건강하게 살자 해
다음 해엔 꼭 입고 나와야지 다짐했는데

다음 해도 그 다음 해도
그 다음다음 해도 그냥 걸려있고
어느 날 매장에 가보니 유행 떨어져 폭탄세일 중

의욕도 떨어지고
승기도 이제 늙어 꾸부정해

\>
집에서 입고 청소나 하자 해도 허리를 채울 수 없어
버리기는 아깝고 다시 옷장에 걸어 놓고

살 빼야지

길치

나는 길치라서
길에서 길을 잃기도 하고
왼쪽과 오른쪽 길이 길 위에서 바뀔 때도 있다

저녁에 맥주라도 한잔하고 집으로 돌아갈 땐
버스를 갈아타다 보면 영락없이 반대 방향으로 가게 된다

결혼식 때의 일이다

결혼식 전날
서울에 올라와 하룻밤 묵고
새벽에 목욕탕에 갔다 나왔는데
그 길이 그 길 같아서 무거운 스텐 대야를 들고 맴맴 돌고
만 있었다

길에서 공사 중이던 아저씨들이
아직도 갈 길을 못 찾았냐고 안타까워할 때서야
멀리서 신랑이 보였다

부랴부랴 택시 타고 면목동에서 청량리 예식장으로 가
제대로 화장도 못하고 예식을 했다

>
지금도 남편은 내가 혼자 집을 나설 때면
스텐 대야 가지고 가야지 한다

나는 길치라는 걸 알면서도
가끔은 아주 장난기 많은 길 神이 따로 있지 않나
궁금해질 때가 있다

해수는 아니겠지

매일 아침 맨발로 집 앞 학교 운동장을 돈다

오늘도 돌고 나서
수돗가에 벗어놓은 신발을 신으려니
신발이 보이지 않는다

휴지 줍던 아저씨가 신발 근처에서 서성이던 것을 보았
는데
아무리 찾아도 신발이 보이지 않는다

문득 해수 생각이 났다

초등학교 가기 전
미희네는 옛날 주사 벼슬 집으로 안마당과 바깥마당이 있
었는데
바깥마당은 우리들의 놀이터였다

그 놀이터에서
매번 고무줄 끊고 달아나던 냇가 집 해수가
하루는 제기차기를 하다 벗겨진 내 검정 고무신을 재빠르
게 낚아채
미희네 뒷간에 던지고 달아났었다

>
긴 막대기에 울음을 매달아 간신히 검정 고무신 한 짝 건져
냇가에 가 한없이 닦던 생각이 났다

오늘
그 아저씨가 해수는 아니겠지
나 모르게 신발을 숨겨 놓은 건 아니겠지

해수 생각이 물잠자리처럼 날아다녔다

알밤

오래전
할머니는 알밤이 떨어질 때면
자루배낭 하나 만들어 가지고 깊은 산속으로 들어가셨다

그 산속은
나도 나물 뜯으러 간 적 있는데
워낙 험한 산이라 길을 잃고 길을 찾느라
한나절을 헤매기도 했었다

할머니는 밤을 주우면
맨 먼저 가장 큰 밤을 골라 한 움큼 바위에 올려놓고
오직 손자의 성공 먼저 빌었다

어둑어둑 땅거미가 일면
할머니는 밤 자루를 메고 집에 돌아와
굵고 실한 밤은 공주 장에 내다 파시고
잘거나 풋밤은 나와 내 동생이 차지하였다

내다 판 돈으로 손자 공부하는데 보태는 것이
할머니의 유일한 낙이셨으니

그 덕에

오빠는 전국에서 손꼽히는 공주 밤 상인이 되었고
해마다 할머니가 다니셨던 조그만 암자에
가장 크고 실한 밤 한 가마니를 보시했다

알밤이 떨어지고 있다

할머니 어디 가셨어요?
알밤을 반겨줄 할머니를 찾듯 투두둑 떨어지고 있다

아버지의 작대기

집 앞 솔밭공원

아침 운동하다 보면 비닐봉지 들고
반질반질한 막대기 하나 허리에 받치고 오는 아저씨가 있다

그 아저씨는 전날 떨어진 솔방울을 주워 비닐봉지에 담
았다가
하나씩 꺼내 골프 치는 연습을 한다

그 막대기는
아버지가 애지중지하던 작대기하고 크기가 얼추 같고
아저씨도 돌아가신 아버지랑 좀 비슷하다

초등학교 6학년 때
호롱기 밟아 벼를 턴다고 학교를 못 가게 해
몰래 빠져나와 학교에 가 교실에 앉아있는데
아버지가 반질반질한 작대기를 들고 오셨다

여 이년 얼른 집에 안 가 냅다 소리치는 바람에
나는 창피해서 어쩔 줄 모르고 가방 챙겨 나왔는데
작대기를 허리에 받치고 소 몰듯 내 뒤를 아버지는 따라
오셨다

\>
이장의 잘못으로 군대를 2번 다녀온
방바닥 장판 속에서 돈들이 곰팡이를 피게 했던 아버지

저 아저씨 막대기가
아버지의 작대기처럼 보여
한참 동안 앞 뒤 좌우를 살펴보았다

왕관

할머니 집에 놀러 온 돌 지난 쌍둥이 손주

투니투니 춤도 추고 곰 세 마리 춤도 추면서 마음껏 재롱을 부리다 동전이 담긴 그릇 두 개를 보고는 그릇 속 동전을 이쪽에서 저쪽으로 옮기기도 하고 던져보기도 하길래 나도 촉감놀이에 도움이 된다고 생각해 놔뒀다 한쪽 구석에 박혀있던 동전도 두 손주의 손에 닿자 데구루루 구르기도 하고 손안에서 쩔렁 쩔렁 소리도 내는데 며느리가 와 손이 더러워졌다고 손을 씻기고 거실에 있던 남편은 목에라도 걸리면 어쩔 거냐고 소리가 커져 나는 손주들을 잘못 본 모양새가 되었다 아들 내외가 돌아가고 나는 왕관을 날려 보낸 사람처럼 먹먹한 가슴으로 동전을 깨끗이 씻어 볕에 말렸다 이제는 내게 손주를 맡기지 않겠지……

달리 생각하니 새털처럼 가벼운 왕관이 머리 위에 올려진 듯도 했다

2부

8억

같은 직장 5살 아래인 숙이는 나를 언니 언니 하고 따랐으며 숙직하는 날이면 집안 이야기를 곧잘 털어놓았다

시아버지는 교장으로 퇴직한 분이셨는데 다 큰 아들인 남편한테까지도 모든 일이 훈육이셨고 *죄송합니다 잘못했습니다*라는 답변이 아니면 용서가 되지 않아 결국엔 남편과 몇 년 동안 왕래가 끊겼었단다

그런 시아버지가 친구의 권고로 전 재산 8억 중 4억을 상장된다는 주식에 투자하려 했고 시어머니는 몽땅 다 투자하자고 해 투자했다가 상장되지 않아 다 날렸다고 한다

그날 이후 시아버지 돈만 빼먹던 시동생은 아예 발길을 끊었지만 큰아들인 남편은 아버지가 염려되어 찾아갔다가 부자가 서로 껴안고 한동안 울음을 멈추지 않았다고 한다

숙이에게 시아버지의 평생 모은 전 재산이 날아가서 어쩌냐고 묻자 전 재산이 날아갔기에 부자지간의 정이 돈독해질 수 있었으니 그럼 됐다고 한다

부처님의 가피라고 말했다

친구 아버지

어렸을 적 흰 눈 내리던 날 친구 집에서 놀다 보니 점심때가 되었고 한 상이용사가 목발을 짚고 구걸을 왔습니다 친구 아버지는 그 상이용사를 사랑채로 안내하고 화롯불도 옆에 놓아주고 상을 차려오라 해서 겸상을 하며 나라를 위해 싸우느라 고생하셨다 위로도 하고 상이용사는 땀인 듯 눈물인 듯 얼굴을 닦고 또 닦으며 밥을 먹었습니다

친구 아버지는 6·25 때 피난 오셔서 5남매를 두시고 자수성가하였지만 북에 두고 온 가족 생각에 통일을 염원하셨고 이북가족에 피해가 될까 봐 이산가족 신청도 망설인 채 그리움만 쌓아가셨습니다 한번은 말입니다 쌓인 그리움을 참지 못하고 집식구들 몰래 판문점까지 가서 북으로 넘어가려다 미군이 총 맞아 죽는 시늉을 내며 no no no 하며 제지하였지만 그래도 막무가내였답니다

내가 검정고시를 통해 고등학교에 합격하고도 집안 형편이 어려워 갈 수 없게 되자 친구 아버지는 자신의 돈으로 나를 입학시켜주신 평생 잊을 수 없는 은인이십니다 그리운 북쪽 가족을 못 보고 돌아가신 친구 아버지가 많이 그립습니다

법주사 방죽

속리산 법주사 세조길
왼쪽은 법주사고 오른쪽은 방죽이다

오직 사랑을 위하여 이곳에 은거했다는
세조의 딸 이세령과 김종서 장군의 아들 김승유

지옥이라도 좋으니
아무도 없는 곳에서 같이 살자 했던 이세령 공주와
세조의 부하에게 잡혔다가 죽음 문턱에서 구사일생 살아
났지만
앞을 못 보게 된 김승유가 숨어살았다는
이곳

둘은 신분을 숨기고 삯바느질과 온갖 허드렛일을 하며
딸 하나를 낳고 살아가는데
요양 차 속리산 복천암에 왔던 세조가
우연히 지나가는 한 아낙네가 자기 딸임을 알고
모든 것을 용서하고 궁으로 데려갔다는
그들의 사랑 이야기

방죽은 푸른 물결을 종이 삼아 써 놓은 듯했고
방죽 위에는 노오란 종다리 한 쌍이 자유롭게 날고 있다

>
법주사 미륵대불 부처는 그 크신 몸으로
그 사랑을 살펴보면서 보호하시는 듯했다

나도 걸음을 멈추고 푸른 물결이 써 내려간
사랑 이야기를 다 읽지 못하고 발길을 돌렸다

그 사랑이 아직 끝나지 않아서

골라 골라

동창생 상득이는
리어카에 한가득 옷을 담고
골라! 골라! 외치며 중앙시장을 누비며 옷을 팔았다

꺼벙한 얼굴에 잠바 하나 걸친 상득이가
나와 눈이 마주치면 피식 멋쩍게 한번 웃고는
또다시 골라 골라 외쳤다

내 스위터도 가볍고 포근할 걸로 두 개 골라주어
봄 가을에 교대로 꺼내 입곤 했다

아침부터 나와 열심히 장사하느라
밥도 제대로 못 먹는 듯 리어카에 매달린 검은 봉지 속엔
늘 빵과 우유가 있었다

상득이는 그렇게 돈을 벌어
시장 안에 버젓한 점포를 내고 결혼도 하였다

중앙 시장에서 상가 번영회 회장도 하고
먼저 간 친구들이 생기면 불쌍하다며
조화를 꼭 챙겨 보내기도 하였는데

>
그런 상득이가 회갑을 갓 넘기고 췌장암 말기로
먼저 간 친구의 뒤를 따라갔다

오늘
중앙시장을 돌고 있는데
골라! 골라! 소리가 가랑비 사이로 내리고 있다

사촌 동생과 마곡사에서

지금은 하와이에서
혈혈단신으로 살고 있는 사촌 여동생

우리 집에 올 때면
고사티 외삼촌댁에 들리곤 했는데
외삼촌이 돌아가시고부터는 외숙모하고는 상종을 안 한다

외삼촌은
서울에서 초등학교 교사를 하다 퇴직 후
외숙모 고향집에서 농사짓고 버섯도 재배하며 살았다

외삼촌은 동네사람을 만나면
도로 옆 가게에서 막걸리도 한잔 사주면서
이런저런 이야기를 나누다 들어가기도 하였는데
그때마다 외숙모는 술 먹었다고 구박하며 문을 잠그고 열
어주지 않았다

그 구박에
외삼촌은 홧김에 제초제를 마시고 세상을 하직했다

한번은
사촌 동생과 마곡사 대웅전에서 부처님께 인사드리고 나

오는데
　외숙모가 다른 남자와 정답게 걸어오고 있었다

　슬픈 영혼을 보는 듯했다

마을방송 할아버지

진안군 주천면 무릉리 산7번지 아래

빨간 벽돌로 아담한 집을 짓고 마당에 화단을 가꾸고 파라솔 의자에 앉아 소주를 홀짝홀짝 마시던 할아버지가 있었어요

내가 조상 산소에 갈 때 소주 몇 병 들고 가면 *며늘아가야 벌꿀차 좀 내오렴* 하시고는 *이 마을에선 내가 발언권도 세고 유지여 어려운 일 있으면 이야기 혀* 하시며 덥석 받으셨어요

할아버지는 벌을 치고 할아버지의 아버지는 소리꾼이셨고 아들은 농사를 짓고 며느리는 베트남에서 왔다는 이야기부터 마을사람들 이야기까지 마을방송을 하셨어요

그런데 하루는 대문 앞에 웅크리고 앉아 눈물을 닦고 계셨어요 아들이 베트남 처가에 갔다가 술을 너무 많이 마셔 베트남에서 죽었대요 아들이 저녁때가 되면 집에 돌아올 것만 같대요

그날 이후 할아버지가 보이지 않아 화단의 꽃나무들은 기가 죽은 채 축 늘어져 있고요 벌들은 찾아 나섰고 매화꽃도

바람을 앞세워 여기저기 찾아다녔대요

마을이 텅 빈 것 같아요

10일

10여 명의 직원이 있는 공주의 큰 식품매장에서
오래전 나는 경리일을 했었다

장날이면 생필품을 사기 위해 시골사람들로 북적거렸고
덕분에 매장도 장사가 잘 되었다

하루는 친구 정아 엄마가 찾아와
정아가 부부싸움하고 내려와 있으니 일 좀 하게 해달라
고 해
사장한테 부탁해 다음날부터 정아가 출근하였다

정아는 싹싹하고 바지런하여 사장과 직원들 모두 좋아했
지만
10일 만에 남편이 데려갔다

며칠 후 정아 엄마가 10일 치 급여를 받으러 왔는데
공주에 부동산도 많고 현금도 많은 사장은
한 달을 채우지 못했다고 주지 않았다

그런 사장이
첫 딸 혼사를 10여 일 앞두고
친구들에게 한턱 내겠다고 설악산으로 향했다

>

두부와 파김치 안주 삼아 막걸리 몇 잔 마시고 대청봉에
오르다

그만 심장마비로 숨을 거두었다

헬기가 허공을 가르며

목청껏 그의 죽음을 알리며 데려왔다

전쟁

산 아래 조그마한 닭장

한쪽 칸에 암탉 5마리 수탉 1마리
또 다른 칸에도 암탉 5마리 수탉 1마리 키우고 있다

두 수탉은
공중에서부터 암탉들을 보호하느라
잠시도 쉬지 않고 사방을 살핀다
모이도 암탉 먼저 먹이고
지들은 맨 나중에 먹는다

따스한 봄날
봄을 만끽하라고 문을 열어젖혔는데
두 수탉이 날개를 치고 올라 서로의 벼슬을 쪼며 치열한
전쟁을 벌인다

암탉을 더 차지하겠다고
한 치의 양보 없이 겨루는 바람에
내가 쫓아가 한 마리의 수탉을 끌어안는 동안
팔뚝에 난 발톱 자국이 선명하다

나뭇가지 위에서 이 광경을 바라보던 참새들이

두 수탉아 마음을 비우세요 하듯
짹짹거리고

두 수탉을 바라보고 있으려니
한참을 바라보고 서 있으려니
러시아의 ㅍ자 들어간 사람이 생각났다

백봉이

핸드폰이 울렸다
우리 집 닭장에 와 달라는 한 아저씨의 다급한 목소리가
들렸다

산 아래 조그만 닭장
한 칸에는 청계와 오골계 10마리
한 칸에는 예쁘고 순한 백봉이 한 쌍을 키웠다

서둘러 가보니 얼룩무늬 옷을 입고 총을 멘 두 명의 아저
씨와
매서운 사냥개가 있었다

연유인즉
멧돼지 신고를 받고 멧돼지 잡으러 왔다가 멧돼지는 놓
치고
죄 없는 백봉이 한 쌍을 사냥개가 물어 죽인 것이다

화려한 흰털에 온순한 성격으로 매일 알을 낳고
모이를 먹을 때나 밤에 잠을 잘 때도 둘이 꼭 붙어 자던 백
봉이가
한순간 사냥개에 물려 생을 마감했다

>
문상하듯 참새들이 날아왔다 날아가고
축 늘어진 백봉이를 보며 다음 생엔 인간으로 오길
나는 진심으로 빌었다

내리던 비가 눈이 되어 내리고 있었다

숙제

명절 전이라 식혜를 한다

식혜는 자루에 엿기름과 물을 넣고 조물조물 치댄 다음
앙금이 가라앉으면 윗물을 받아 밥과 치댄 엿기름 물을 넣
고 발효시키면 된다
그러면 우윳빛 식혜가 된다

그런데 나는 가라앉은 앙금이 진짜 식혜라고 무조건 다
넣고 한다 발효가 되어 밥알이 떠오를 때쯤 끓이면 색은 비
오기 전 하늘 같은 먹빛이다

구미가 당기는 색은 아니지만
달달한 감칠맛과 보리 특유의 구수한 맛이 그대로 살아
있어 좋다

그 식혜를 보고
아들은 식혜 색깔이 왜 이래요 하겠지
며느리는 속으로 우리 시어머니는 식혜 할 줄 모르나 봐
하겠지
손자는 식혜를 안 좋아한다고 울겠지

언제나 내 진심이 잘 통하지 않아

맛 좋다는 남편과 나만 먹게 된다

아들 며느리 손자한테 브리핑을 잘해서
내 식혜를 맛보게 하는 것이
숙제로 남아있다

두꺼비

두꺼비가 행운을 몰고 온다기에
옥 두꺼비를 TV 앞에 놓고 청소할 때마다 깨끗이 닦아주
었다

하루는 저녁을 일찍 먹고
산책하러 앞산에 올랐다가 내려오던 중에
커다란 두꺼비 한 마리를 만났다

반가운 마음에 동영상을 찍는데
두꺼비가 팔딱팔딱 뛰어 내 앞으로 와
순간 놀란 나는 뒤로 물러나서 두꺼비를 바라보았다

두 눈을 말똥말똥 굴리면서
입으로 오물오물 무슨 말인가를 하고 있었다

잠깐의 만남을 뒤로하고
두꺼비는 두꺼비대로 가고 나는 돌아오다 로또를 샀다

토요일 저녁
TV 앞에 앉아 로또를 맞춘다
다섯 숫자가 맞아 기절 직전까지 갔는데
마지막 숫자인 45가 아랫줄에 떨어져 있어

아쉽게 3등에 당첨되었다

두꺼비 덕분에
당첨금으로 여기저기 피자를 사서 돌렸지만
그날 두꺼비의 말을 정확하게 알아듣지 못한 건
내내 아쉬웠다

말 한마디

대청댐 끝자락에 위치한 민물 새우탕 집에 점심 먹으러 갔다가 아주머니 한 분이 식당 바로 앞 배추밭에서 배추를 뽑고 있기에 크기도 적당하고 가격도 저렴해 20포기를 사다가 혼자 김장을 했다

저 혼자 살겠다고 집 나간 마흔 넘은 큰아들한테 갖다 먹으라고 문자를 보냈더니 퇴근길에 와서는 *아이고 어떻게 혼자 하셨어요 고생 많이 하셨어요 내년에는 며느리와 함께 김장도 하고 수육도 삶고 막걸리도 한 잔해야겠어요* 하면서 넉살을 부린다

그 말속에 어쩌면 좋아하는 여자가 있을지 모른다는 기대감에 김장했던 고단함이 사르르 녹아내렸다

3부

조기 한 마리

산소에 와서
조기 한 마리, 밤, 대추 놓고 술 한 잔 조상님께 올리고 나서
산소 가에 있는 주목나무 밑에 산짐승 먹이로
제사 음식을 놓아주었다

산소 주변을 둘러보며 커피 한 잔 마시는데
커다란 까마귀 한 마리
조기를 물고 어디론가 사라진다

예전엔 까마귀를 보면 왠지 누가 돌아가실 것만 같고
불길한 일이 일어날 것 같았는데

까마귀가 효조로 부모공양을 하는 새라는 것을 알고부터는
요양원에 친정어머니가 계신 나는
까마귀를 보면 기특했다

지금 물고 가는 저 조기 한 마리도 혼자 먹진 않겠지

우리 조상님도 조기 한 마리
까마귀 부모도 조기 한 마리

감나무

내 고향 시골집엔
해마다 감나무 가지에 감들이 주렁주렁 열려
집에 오는 버스를 타고 오다 내려 바라보면
감이 붉게 지붕을 덮고 있다

예전에 할머니가 감나무에 남은 음식물과 거름을 자주 주며
애지중지 공을 들여 키웠는데

어느 해
증손자가 온다고 긴 장대로 안간힘을 다해 감을 따려다
뒤로 넘어져
물 한 모금 못 마시고 87세의 나이로 돌아가셨다

그 후로 감나무는
까치가 날아와 할머니 안부를 물어도
참새가 날아와 할머니 안부를 물어도 말없이
할머니만 기다리고 있다

선물

친구들은 핸드폰에 저장해 둔 손자 사진을 꺼내보고
또 보고 조금 있다 또 꺼내보며
자랑을 한다

손자한테 전화 오면
밥 먹다가도 산책하다가도 차 타고 가다가도
신나서 큰소리로 전화를 받는다
손자손녀 바보가 된다

손자 없는 나는
허구한 날 하늘만 쳐다보며 한숨짓지만
무심한 구름은 내색도 없이 간다

추석에
가족 모두가 둘러앉아 식사를 하는데
마흔 넘은 아들이 조용히 입을 열었다
며느리가 쌍둥이 손자를 임신했다고

아
이 말이 꿈이 아니길
몇 번이고 물어보고 두 귀를 의심해 보고
차오르는 기쁨에 두 볼을 잡아당기며

나는 훨훨 날 듯하였다

내 생애 가장 고마운 선물
쌍둥이 손자

모르는 척

일하러 가겠다고 나서던 남편이 다시 들어와
차 열쇠가 없다고 허둥지둥 이리저리 찾다가 결국엔 못
찾고
비상키를 가지고 나간다

남편 나가고
벗어놓은 바지 호주머니를 뒤져보고 서랍도 열어보고
이불도 털어 봤지만 키는 보이지 않는다

그렇게 이리저리 찾다
침대 밑 구석에서 조그만 택배 상자를 발견하였다
뭐지 싶어 열어보니 건강식품이다

한 봉지 뜯어먹고는
나 몰래 건강식품 챙겨 먹으면
열쇠라도 덜 잃어버리지 않으려나 싶어
다시 뚜껑을 닫아 있던 자리에다 밀어 놓았다

땅강아지

어버이날 동생과 함께 요양원에 계신 어머니를 찾아뵈었다 어머니는 우릴 보고 바쁜데 뭐 하러 왔냐고 오히려 우리를 걱정하신다 가져온 죽도 드리고 이런저런 이야기를 하는데 병실 한쪽 구석에서 땅강아지 한 마리 보인다

엄마,
땅강아지가 면회 왔네
아버지가 엄마 많이 보고 싶은가 보네 여기까지 온 걸 보니

땅강아지는 생전에 부르던 아버지의 별명

그러게 별일이다
살아서는 술을 그렇게 좋아하시더니
저승 가서도 여전히 술만 좋아하시는지 모르겠다

엄마는 웃으시며 잘 데리고 나가 보내주라 하신다 나는 땅강아지를 데리고 나와 나무 밑에 놓아주고 다음에 또 오시라 했다

기는 듯 나는 듯 담쟁이 덤불 속으로 땅강아지가 사라진다

해변

3월,
해변을 맨발로 걷는다
나도 맨발이니 같이 놀자고 갈매기 무리로 다가가자
갈매기들은 내가 낯설다고 저만치 날아가고
나는 쫓아가고 다시 날아가고

해변의 모래는
발바닥에서 발등을 덮으며 내 발에 편한
모래 신을 만들어 준다

그 모래 신을 신고
신혼여행 갔던 해변을 떠올리며
누가 불러도 들리지 않게 나 혼자만의 추억 따라 걷다 뛰
다 걸으니
파도도 덩달아 걷다가 뛰고 뛰다가 걷는다

석양빛에
바닷물 밖으로 나오니
이번엔 온종일 햇볕을 받아 데워진 모래가
빨개진 발을 따뜻하게 덮어준다

이 해변에

하루만 더 머물 수 있다면
그땐 갈매기도 덩달아 나와 함께 걷다 뛰고 뛰다 걷겠지

간 고등어

오래전
공주 사곡 초등학교엔 박무양 선생님이 계셨고
선생님에겐 앉은뱅이 아들이 있었다

그 아들은 학교 앞에서 조그만 문방구를 하며
틈틈이 시를 읽고 쓰다가 신춘문예에 당선되었다

시를 무척이나 좋아했던 내 친구 희정은
그런 박 시인에게 편지를 썼고 둘은 오랫동안 편지를 주
고받다가

펜의 힘이 강하다는 듯
부모님 만류에도 희정은 박시인과 결혼하였다

생계를 위해 희정은 고무다라에 간고등어를 담아 머리
에 이고
집집마다 다니며 간고등어를 팔았다

그땐 우리 집도 가난하여 간 고등어를 팔아주지 못하고
사립문을 나서는 희정의 뒷모습만 안타깝게 바라보았다

흰 눈 소복이 내리는 날

간고등어를 굽고 있다

노릇노릇 익어가는 간 고등어 속으로
박 시인을 사랑한 희정의 한 생이 보이고
그때 팔아주지 못한 나의 안타까움이 배인다

강아지

산내
산 밑 조그만 밭뙈기에
상추 오이 고추 파 심어놓고 들락날락할 때
밭가에는 코스모스 피어 지들끼리 야단이다

큰비 오던 날
닭 모이 주러 갔다가
밭 아래 농수로에서 애타게 짖어대는 강아지 소리 들려

무슨 일인가 싶어 가보니
농수로에 강아지 한 마리가 빠져
불어나는 물에 겁에 질려 안절부절못하고 있다

손을 뻗어
이제 막 새끼를 면한 듯한 강아지를 간신히 올려놓고 나서야
나는 흠뻑 젖은 것도 잊은 채 기뻐했다

그날 이후 밭에 가면 강아지는 나를 기다렸다는 듯 반기고
나는 사료를 갖다 주곤 하였는데

지나가던 행인이 유기견 신고를 해

유기견 보호소에서 강아지를 데려갔다

비 오는 날이면
그 강아지 그리워지고
그 강아지도 나를 그리워할 것만 같고

회남 종점 둘레길 감나무

하루가 만지작거려지는 날은
판암역에서 63번 버스를 타고 회남 종점 둘레길까지 갔
다 온다

가다 보면
대청댐 강가에 '세상에서 가장 긴 벚꽃길' 푯말도 보이고
조금 더 가면 '행복 누리길'도 보인다

개나리 덤불 사이로 참새 떼가 놀기도 하고
흔들리는 갈대숲 사이로 새들이 숨기도 한다

오늘은
주렁주렁 열려있는 홍시가 금방이라도 떨어질 듯해
한참을 바라보고 서있는 나에게 커다란 감나무가
밑에다 돗자리도 깔고 감도 먹고 이야기도 하며 놀다 가
란다

아주 오래전 우리 할머니가 증손자 온다는 소리에
감을 따다 뒤로 넘어져 돌아가신 내력을 감나무는 아는
가 보다
내가 그 손녀딸인 것도 아는가 보다

>
아쉽지만 그냥 돌아서서 오는데
감보다 더 붉은 석양이 내내
집까지 따라왔다

금숙이와 비둘기

폭우로 많은 피해가 발생했다는 뉴스를 들으며
비 그친 오후 산책로 의자에 앉아 있다

비둘기 한 마리가 다리를 절며 모이를 쪼아 먹다가
아픈 듯 한쪽 발을 올리고 서있기를 반복했다
이번 폭우로 다친 듯하였다

한참 비둘기를 보고 있으려니
어릴 적 공주 사곡 능계길 논 가운뎃집 금숙이가 생각났다

막내인 금숙이는 소아마비로 다리가 굽혀지지 않아
매일 학교 오갈 때 나를 붙잡고 다니거나
동생을 붙잡고 다녔다

덕분에 매년 학교에서
동생과 함께 착한 어린이상을 받기도 했다

하루는 비 오는 날
좁은 논두렁길에 넘어져
흙투성인 채로 금숙이네 집에 도착하니
금숙이 오빠가 고맙다며 내 젖은 머리와 얼굴을 닦아주
었고

금숙이 엄마는 눈물을 감추며 언니 옷으로 갈아입혀 주
었다

　해는 기울고
　금숙이와 비둘기 생각이 한데 합쳐져
　산책로 옆 냇물로 흘러가고 있다

미니 달력

아프면 요양병원에 가서 살겠다고
늘 호언장담하던 남편이 동사무소에
인감증명 발급받으러 가서

한 쪽에 푸짐하게 쌓여있는 달력 하나 가져왔단다

다음날 남편방에 가보니
달력은 아랫부분이 짧게 오려져 걸려 있었고
방바닥에는

"걱정없이 쉬실 수 있는 두 번째 내 집이 되도록
내 부모님 같이 모시겠습니다"
라는 글귀와 요양병원 전화번호와 팩스번호가
있는 글귀들이 오려져 나뒹굴고 있었다

이건 왜 오려 버리려고 하느냐고 묻자
갈 때 갈 망정 요양병원에 자꾸 오라는 것 같아
죽어도 보기 싫다고 한다

남편 방에는 미니 달력이 밤낮없이 낄낄 웃으며
걸려있다

응원

공부를 열심히 하면 꿈을 이루고
농사를 열심히 지으면 풍년이 들 건만
내겐 아무리 노력해도 안 되는 것이 있으니
음치 탈출입니다

노래 교실도 다녀보고 혼자 노래방도 가봤지만
내가 노래하면 남들은 항상 나에게 찬송가 읽는다고 웃기
만 합니다

어느새 노래 부르는 일은
남의 일이 되었습니다

그런데 말입니다
하루는 8개월 된 손자가 잠투정을 하기에
손자를 안고 방으로 들어가
섬집 아기를 가만가만 불러 주었습니다

손자는 나를 보고 살짝 웃더니
어느새 스르르 잠이 들었습니다

그날 밤
나는 잠이 오지 않았습니다

4부

무궁화나무

집 앞 솔밭공원

솔향기 불어오고 군데군데 피어나는 무궁화꽃은
시골집 무궁화나무를 생각나게 한다

오래전 슈퍼 할 때였다
옆 건물의 무궁화나무가 슈퍼 쪽으로 가지를 뻗어 다니는
데 불편을 주어 낫으로 가지를 친 것이 화근이 되었다

보험회사 소장을 지낸 옆 건물주 아주머니는
남편 살아생전 아끼던 나무라고 그대로 해놓으라고 생떼
를 썼다

장사하는 죄로 아무 말 못 하고
비 오는 날 비를 맞으며 시골집에 있는 밑동이 굵고 튼실
한 무궁화나무를 캐다 심어 놓았다

봄이면 돋아난 새순으로 된장국 끓여먹게 하고
여름이면 탐스럽게 꽃을 피우면서
나를 키워준 무궁화나무였다

다음 해 그 건물이 팔리고 새 건물이 지어지면서

무궁화나무는 없어졌다

얼마 후
그때 건물주 아주머니가 휠체어에 몸을 맡기고 반쯤 감
은 눈으로
요양원 차를 타는 모습을 우연히 보게 되었다

뻐꾸기 울음소리

아침에 눈을 뜨면 집 앞 맹아학교에서
뻐꾸기 울음소리가 들려왔다

뻐꾸기 소리는
내가 여학생이었을 때 가끔씩 우리 집 뒷산에 올라가 울던
남학생의 뻐꾸기 울음소리 같아
지금도 들으면 가슴이 뭉클하다

그 남학생은
내 물건을 빼앗아 달아났다가 다시 갖다주기도 하고
수업 끝난 후 냇가를 따라 집에 갈 땐 저만치 뒤에서 휘파
람을 불며 따라와
나는 무서워서 더 빨리 달아나곤 했다

세월 지나
동창회에서 만났을 땐
나태주 시에 나오는 사랑만큼이나 나를 좋아했었다고 말
하고
나는 전혀 관심이 없었다고 말하며 우리는 마저 웃었다

그런 친구가 퇴직 후 귀농하여
시골집 앞산 모퉁이 돌아가는 곳에서 장모님 모시고 살

고 있어
　　며칠 전 동창 친구 몇 명과 마곡사에 갔다가
　　그 친구를 불러 커피 한 잔 마시는데

　　사춘기 앳된 소년은 할아버지가 되었고
　　이제는 휘파람 소리도 나오지 않는단다

　　집 앞 맹아학교에선
　　내일도 뻐꾸기 울음소리가 들려올 것이다

곰나루 터에서

안양에서 부동산 하는 옛 친구와
학교 소풍 이후 처음으로 곰나루 터에서 커피를 마시고
있습니다

방금 전 친구와 나는
모교를 찾아 교실과 운동장을 돌아보고
친구는 연신 사진을 찍으며 눈물도 찍어 냈습니다

청운의 꿈을 안고
공주사대부고에 입학한 친구는
연년생으로 같은 학교에 일 년 선배인 오빠가 있었습니다

집안 형편이 어려워 학교를 그만두게 되자
학교에선 수업료를 면제해 주겠다고 했지만
친구는 돈이 어려워 중퇴하고 말았습니다

우리는 일 년 남짓 만남이었지만
공주 금학동 언덕 작고 허름한 내 자취방에서
함께 수제비도 해먹고 고추장에 밥도 비벼 먹으며 허기를
채웠던 추억이
오늘 우리 만남의 다리가 되었습니다

\>

흘러간 바람이 구름이 금강이
우리를 옛 시간으로 되돌려 놓아
흰 칼라에 까만 교복을 다시 입게 되었습니다

점심엔 들깨 수제비를 먹자 했더니
오늘은 나에게 꼭 소불고기를 사준다고 합니다

홍삼정도 선물로 받았습니다

어머니

아무것도 먹지 못하고
간신히 죽 드시는 어머니 앞에
흑임자 깨죽 한 그릇 해드리고
어머니 얼굴을 본다

어머니 나이 96세

하루하루 죽으로 연명하시며
언제 가실지 모르는
요양 병원에서 제일 연세가 많으신 어머니

나는 잘 있으니 아무 걱정 마라
어느 며느리가 대소변을 받아내며 좋다고 하겠니
여기가 마음 편하고 좋다 하신다

우리 아들 잘 있냐고 물으시어
쌍둥이 손자 낳았다고 핸드폰 영상 보여드리니
아픈 것도 잊으시고 좋아라 웃으신다

슈퍼 하며 한창 바쁠 때
우리 아들 애지중지 키워 주셨는데
나는 왜 어머니를 모시지 못할까

>
바싹 마른 뼈마디가 보일 땐
가슴이 미어진다

연못을 노트 삼아

생명을 살려주는 것이 가장 큰 공덕이라기에
가끔 나는 대청호에 자라를 방생했는데

오늘
충대로 시 수업받으러 가던 중
커다란 연못이 있어 잠시 서 있으려니
저쪽에서 자라 세 마리가 나를 보고 달려온다

입은 벌룸벌룸
두 눈은 말똥말똥

여긴 웬일이세요, 말하는 듯했고
200일 된 우리 쌍둥이 손자는 잘 있느냐고 묻는 듯했다

우리 손자 잘 크면
시 읽어주려고 시 수업받으러 오는 중이라고 말하자
여기서 연못을 노트 삼아 쓰고 가라 한다

참새

산내 조그만 산 아래
밭 한 귀퉁이에 청계 닭 오골계 닭 몇 마리 키운다

참새 떼가 우르르 몰려와 좁은 틈새로 모이를 뺏어 먹어도
닭들은 먹이를 빼앗기든지 말든지
참새들이랑 함께 논다

나도 참새들이랑 친해지고 싶어
지붕에 모이 한 움큼 올려주지만 거들떠보지도 않는다
바람에 날리고 비에 젖어 씻겨 나간다

참새들은
내가 온 기척이 있으면
일제히 날아가 빈 가지 위에 앉는다

내 한쪽 팔을 내어주면
날아와 놀아 주려나

보석사와 은행나무

금산군 남이면 보석사 가는 길

여기저기 우람한 소나무와 편백나무가 숲을 이루고
몇백 년 된 아름드리 상수리나무 밑에는 상수리가 수북
이 쌓여
다람쥐 두 마리가 신나서 뛰어다니고 있다

나라에 어려운 일이 있을 때
미리 슬피 우는 영험함을 지녔다는 천년지기 은행나무는
바람 불 때마다 날리는 은행잎이
꼭 명성황후의 치맛자락이 날리는 듯하였다

홍익인간 국태민안 인삼풍년 등 발원을 적은 깃발이 나
부끼는
명성황후가 지었다는 보석사에 도착하니
은은한 목탁 소리 들려와
마음속으로 가족의 건강과 사업 번창을 빌었다

내려오는 길에 보니
밤송이가 굴러서 또랑에 수북이 쌓여
알밤을 한 움큼 주웠다

>
집에 가는 길에 까먹으라고 부처님이 보내주신 선물 같아
내 마음속에도 자비와 정성과 베풂이
알밤처럼 여물어 가기를
기도해 본다

칠연 폭포

일곱 개의 폭포가 연달아 있어
칠연 폭포라 불리는 무주구천동을 오르다 보면
힘차게 내려오는 물줄기가 청옥의 연못을 만들어 놓았다

유난히 사람들이 많이 앉아 노는
연못가 돌 위에 앉아 발을 담근다

하늘이 구름이 새들이 따라오고
시원한 바람도 어느새 따라오고
푸름의 산은 미리 와 있다

아주 작은 물고기들이
발가락 사이를 돌아다니며 간지럼 치는 바람에
깜짝 놀라 첨벙거리자
물고기들은 깔깔깔 웃으며 저만치 달아나고

새들도 구름도 하늘도
푸름 가득한 산도
깔깔깔

쓴잔

내가 사면 떨어지고
내가 팔면 올라가는

어쩌다 올라가도 더 올라가길 바라다
밑으로 곤두박질치기 일쑤인 주식의 쓴잔을 혹독히 느끼고
10년 전 정리를 했다

몇 년 전 하와이에 있는 사촌동생이 놀러 오라 해서
달러를 샀다가 코로나로 가지 못하고 그냥 둔 것이
요즘 고환율에 재미를 보는 중이라
남편한테 말하자
남편은 어서 팔고 삼전을 사라 한다
남편 말이 그럴듯하여 달러를 몽땅 팔아 삼전을 샀다

저녁에
달러는 올라 +3원이 되고
삼전은 내려 −700원 되었다

또다시 찾아온
쓰디쓴 잔

식장산

집 거실에 앉아
마주 바라볼 수 있는 식장산

어느 날에는 반가움을
어느 날에는 그리움을
어느 날에는 사랑스러움을
어느 날에는 비에 흠뻑 젖은 애처로움을 주는 식장산

오늘은 어제보다 더 붉게 물들었고
산그늘 또한 연인끼리 마주한 듯 아름답다

한 번도
한눈팔지 않고
무던하게 그 자리에 있어 주어
내가 안기고 싶은 따스한 품속 같다

나 또한 이사할 생각을
1도 하지 않았다

생쥐

흰 눈 소복이 내리던 어느 겨울날

태화산에 위치한 마곡사에 가는 길인데
가시덤불 속에서 어미 암꿩 한 마리와 새끼 꿩 일곱 마리가
살금살금 기어 나와 산등성이로 올라가고 있었다

그날 이후
나는 마곡사에 갈 때마다 해묵은 쌀 한 줌을
꿩이 지나가던 길에 놓아주었다

어렸을 적 마곡사 아랫동네에서 가난하게 살았던 나는
제대로 된 쌀밥도 못 드시고 내 동생을 낳으셨던
어머니를 기억한다

오늘도 쌀 한 줌 놓는데
두 눈이 반짝반짝하고 온몸이 토실토실하고
윤기가 자르르 흐르는 생쥐 두 마리가
쌀을 놓아주는 곳에서 내 인기척에 놀라
낙엽 속으로 몸을 숨겼다

눈치도 없고 느리고 굼뜬 나도
지금까지 살면서 소중한 기회들을 생쥐 같은 인간에게
빼앗기고 살지는 않았는지 모르겠다

연우현우에게
— 2023. 04. 29 연우현우 백일을 기념하며

당신이 내게 왜 사느냐 물으면
나는 쉽게 말이 나오지 않았습니다만

당신이 내게 무엇이 가장 소중하냐 물으면
나는 머뭇거려졌습니다만

이제는 말합니다

밤낮없이 가슴 파고드는 그리움과
오월의 장미보다 더 붉게 번지는 사랑을 갖게 해준

떠오르는 태양보다 더 눈이 부시도록 아름다운
우리 연우현우가 있어 살고
우리 연우현우가 가장 소중하다고

5부

한 사내

봄이 오자
두두리 마을 산 밑 밭에는
맥 풀린 한 사내가 밭이랑을 만듭니다

밭이랑 한편에는
소주병 냄비 프라이팬 밥그릇 등 살림살이가
여기저기 나뒹굴고 있습니다

이번 여름에도
밭이랑에 주렁주렁 열릴 가지 오이 옥수수가
한 사내에게 부아가 치밀어 오르는 날에는
허공을 향해 내던져질 것입니다

사내는
아주 오래전 청소부 일을 하다가 그만두고
부모에게 물려받은 밭에서 농사를 지었습니다

그런 사내에게
  아내는 누구 만나고 다니느냐고 뭐 하고 왔느냐고 생트
집 잡다
  어린 아들 하나 두고 바람 나 집을 나갔습니다

>
그날 이후로 죄 없는 밭이
사내의 분풀이 대상이 되었습니다

답 없는 것이 인간이라고 아리송해하며
이따금 뻐꾸기가 와서 울다 가고
꿩이 와서 울다 가고
밤에는 소쩍새가 와서 긴 울음을 울다 가기도 합니다

마늘종 장아찌

10월 마지막 주 토요일
공주 사곡 호계초등학교 45회 동창생 30여 명이
마곡사 뒤의 태화산을 등반했다

몇 년 전에 왔을 땐
백련사에 있는 백구가 정상까지 함께 등반 해주어 발걸음
이 가벼웠는데
요번엔 보이지 않아 마음 한구석에선
백구가 궁금하기도 하였다

솔바람 은은한 향기와 형형색색 단풍도 좋았지만
더 좋은 건 태화산 숲속으로 참새 떼처럼 몰려온
동창생들이 있어서 더 좋았다

점심에는 장밭 식당에서 식사를 하는데
밑반찬으로 마늘종 장아찌가 나왔다

초등학교 6학년 때 담임선생님은
내가 싸 온 마늘종 장아찌 반찬과 선생님 반찬을 종종 바
꾸어 드시더니
어느 날 배가 부르다가 예쁜 딸을 낳으셨다

>
지금도 옆자리엔
임신하신 담임선생님이 앉아계신 듯하다

꿀고구마

꿀고구마를 굽는다 리빙웰 통속에서 온도와 시간을 잘 견뎌낸 고구마는 껍질이 약간 탄 듯 거무잡잡해도 속에는 꿀이 흐른다 손자와 며느리가 좋아해서 아들 집에 갈 때도 고구마를 굽고 시어머니 생전에 잘 드셨기에 산소에 갈 때도 고구마를 굽는다 오늘은 간신히 죽 드시는 어머니를 뵈러 요양원에 가기 위해 고구마를 굽는다 노릇노릇 잘 익은 고구마 속에는 꿀이 흐르고 내 눈에는 눈물이 흐르고

아기 참새와 나

어느 봄날 오후
계란을 꺼내러 닭장에 갔다

간신히 날갯짓 하던 아기 참새 한 마리 모이통 옆에 놓은
물통에 풍덩 빠져 안간힘을 다해 파닥거리며 나오려 했다

그 아기 참새
얼른 꺼내 밖에 놓고

계란도 꺼내고 모이도 주고 다시 보니 아기 참새는 물기
를 털고 몇 번이고 날갯짓을 하더니 날아간다

내가 애기였을 때
오빠는 나를 업고 시냇가에 가 바위 위에 앉혀놓고 멱 감
는 중에 냇물 속에 풍덩 빠져 허우적거리는 나를 건져냈다
고 한다

울지도 못하고 나를 업고 집에 들어와서야
오빠는 울었다고 한다

물에 빠진 아기 참새를 보며
그때의 나를 보는 듯했다

미래의 집

운일암반일암 지나면 소공원이 있고 조금 더 지나면 무릉 리 마을이 나오고 마을 뒷산에는 조상 묘가 있다 조상묘 아 래에는 우리 부부 미래의 집인 평장을 위해 작은 잔디 마당 을 만들어 놓았다

20세부터 계속 편지를 주고받던 한 군인 오빠와 7년의 펜팔 끝에 결혼하여 이제 칠순 백발의 남편은 금년 봄부터 미래의 집 주변에 감 밤 살구 등 과일나무를 심느라 삽과 곡 괭이를 들고 열심히 땅을 일구고 있다 비 오는 날에도 쉬지 않아 때로는 신발과 옷이 흙 범벅이가 되기도 하였다

남은 여생도 과일을 따먹으며 소공원에서 놀다가고 다 음 생엔 미래의 집에서 과일을 따먹으며 소공원에서 놀자 고 하였다

죽어본 일이 없는 나는 다음 생을 몰라 대답을 머뭇거렸다

보시 布施

집도 필요 없소
옷도 필요 없소

춘하추동 알몸으로
흙 속에 안거 든 지렁이

닭이 보면 닭의 먹이가 되고
새가 보면 새의 먹이가 되는

그래도 살다가 죽으면
개미에게 알리는

가슴 조이던 날들

앞집에 사는 회사 동료가 미국에 있는 딸한테 다녀온다고 수족관 붕어 밥 주는 일을 부탁해 첫날 붕어밥 주고 나오려는데 현관문 손잡이가 신형이라 문을 열 수가 없었다

몹시 당황한 나는 몇 번씩 시도 해봐도 문은 열리지 않고 수족관 속 붕어만 뻐끔뻐끔 연신 무슨 말을 하는데 알아들을 수 없었다

그때 어릴 적 내 동생이 생각났다

밭에 가는 나를 저 멀리서 따라오는 동생을 두고 나는 내려오면서 만나겠지 하는 맘으로 빠르게 밭으로 향했는데 중간에 두 갈래 길에서 동생이 다른 곳으로 무작정 올라간 것이다

그렇게 동생을 잃어버린 죄인이 되어 몇 날 며칠 가슴을 졸이다가 장날 산 너머 한약방 아저씨가 데리고 오는 바람에 길에서 극적으로 동생을 만났었다

오늘도 나는 극적으로 무선 전화기를 찾아 동료에게 연락하여 손잡이에 있는 버튼을 누르고 무사히 빠져나올 수 있었다

＞

집에 돌아와 흠씬 땀에 젖은 몸을 샤워하다 얼굴을 보니
눈은 충혈되고 붕어눈처럼 튀어나와 있었다

홍시

엄마가 동생을 낳던 날
산비탈 밭에서 일하시는 할머니를 모시러
공동묘지 지나 오리 길을 달려갔었고
어린 동생을 업고 밖에서 친구들과 놀았다

그런 동생이 자라면서
누나가 집에 왔다고 목이 아픈 줄 모르고
긴 장대로 홍시를 따주곤 하였다

학교에 다니면서는
집 앞 조그만 밭에 딸기 농사를 짓겠다 했는데
고3 까만 교복에 꿈을 간직한 채
신장염을 앓다가 막 크던 감처럼 떨어졌다

동생이 병원에서 떠나던 날
한 여학생의 편지가 집에 도착해 있었다

시골 빈집에 들려 홍시를 딴다
소쿠리 가득 홍시감을 따 놓고
오늘은 누나가 동생에게 홍시를 먹여보고 싶어진다

그리움이 홍시처럼 붉다

변덕

햇볕이 따사롭게 내리쬐다가
먹구름 덮치더니 앞이 안 보이게 첫눈까지 내리는 날

납부한 전기요금이 또 나와 한전 가서 항의하고 나오는데
쌍둥이 아빠인 아들한테 전화가 왔다

현우가 아파서 충대병원으로 가고 있으니
4시에 유아원 끝나는 연우를 돌봐 달라는 거였다

깜짝 놀라 연우 데리고 집에 와서
이제나저제나 연락만 기다리는데

장이 꼬였는데
의료대란으로 병실이 없어 다른 병원으로 가라 해서 돌고
돌아 건양대까지 갔단다
다시 검사한 결과 장이 풀렸는지 괜찮다고
집에 오는 중이란다

집에 들어서며 활짝 웃는 현우와 아들 내외를 보며
저렸던 오금이 다시 펴지고
지옥과 천당을 오간 맘이 스르르 풀렸다

여동생

뉴스에서 금년 들어 가장 더운 날씨라는 오늘

쓰레기를 뒤지며 먹이 찾는 고양이가 안쓰러워
여동생이 동백나무 밑에 물과 고양이 밥을 놓아주자
살며시 고양이가 나와 맛있게 먹는 중인데

나무그늘 아래 의자에 앉아있던 할머니 두 분이
얼굴 찡그리며 주지 말라 하셨단다

동생은 역지사지로 생각해 보시라 하고
집으로 돌아왔단다

그 얘길 들으니
예전에 가오동에서 판암역으로 가는 좁은 철길 옆
더위에 지쳐 잡풀도 주저앉은 빈집에서
야아옹야아옹 온 힘을 다해 새끼를 낳는 고양이를 보고
돌아와서는

달빛 밝은 그날 밤
산모 고양이는 괜찮을까 미역 참치죽이라도 갖다 줄걸
서산으로 기우는 저 달이 나를 보고 무어라 나무랄까 싶어
좀처럼 잠이 오지 않은 적이 있다

오늘의 여동생이 내 언니 같다

청령포

앞에는 강물이
뒤에는 절벽이 있는 영월 청령포

단종의 방 담장 밖 소나무는 자라면서
허리를 굽히고 가지를 부채처럼 뻗어 안마당을 덮으려 했
을 것이다

소나무는
언제부터인가 밖으로 나오지 않는 단종이
방문을 열고 나오길 기다리며
연신 허리를 굽히고 머릴 조아렸을 것이다

그 가지들은
궁녀가 되고 신하가 되고 중전이 되고 왕후가 되어
날마다 까치발 들고 어린 단종의 방으로 향했을 것이다

오래지 않아 소나무는 방문을 열고 들어가
단종을 모시고 나오려 했을 것이다

새로운 왕국을 만들 기세였을 것이다

짝짜꿍

유모차에 손자 태우고 강변을 걷던 당신이 잠시 강변에
서서 물수제비를 뜨자 작은 돌멩이가 사뿐사뿐 고양이 발
로 가는 듯하다가 풍당 물속으로 빠지자 강물은 은빛 꼬리
를 흔들며 경쾌하게 반짝이고 갈대들은 재밌다고 온몸을
흔들어대

유모차 안의 쌍둥이 손자들도
연신 짝짜꿍 짝짜꿍

일상에서 피어나는 사랑의 시심詩心

— 정순자의 시

오홍진 문학평론가

일상에서 피어나는 사랑의 시심詩心
— 정순자의 시

오홍진 문학평론가

　정순자는 일상의 삶에서 시로 가는 길을 찾고 있다. 일상이 곧장 시로 변주되는 것은 아니다. 일상과 시는 다르다. 시인은 일상을 그대로 전달하는 게 아니라 일상에 스며 있는 시적 요소를 언어로 표현한다. 시적 요소는 사물을 들여다보는 시인의 눈과 직접적으로 이어져 있다. 일상인이 사물을 보는 시선과 시인이 사물을 보는 시선은 근원적으로 다르다. 일상인이 보이는 사물에 집중한다면, 시인은 보이는 사물에 연연하지 않고 그 너머를 보려고 한다. 사물 너머에는 무엇이 있을까? 일상에 매인 사람들은 쉬이 놓치는 진실을 시인은 자꾸만 들여다보려고 한다. 그러려면 일상인과 다르게 사물을 보는 연습을 끊임없이 해야 한다. 이것을 이것이라고 말하는 통념을 벗어나지 못한 사람이 어떻게 시를 쓸 수 있을까?
　첫 시로 제시된 「컴백 홈」을 먼저 보자. 이 시는 울타리 밖으로 나가서는 돌아오지 않는 수탉에 초점을 맞추고 있다. 곧 돌아오리라 생각한 수탉은 시간이 흘러도 오지 않는다. 주변을 샅샅이 뒤져도 도무지 수탉을 찾을 수가 없다. 시인은 수탉의 처지를 가만히 생각한다. 일단 먹을 것은 충분히 주었으니 배가 고파 가출하지는 않았을 것이다. 암탉 10마리를 거느리고 있고, 참새들이 날마다 놀러 오니 외로움을 타지도 않았을 것이다. 도무지 까닭을 모르니 득도하러 절로 갔거나, 다른 암탉을 찾아 나선 것은 아닐까 하는 우스운 생각도 떠오른다. 지극히 인간적인 생각이다. 날이 어두워져 다시 닭장에 가보니 수탉은 닭장 주위를 빙빙 돌고 있다. "집 나가면 닭 고생이란 걸" 깨닫기라도 한 것일까? 집 나간 서방을 맞이하듯 울타리 안 암탉들은 온갖 소리를 내지르며 안달을 떤다. 시인이 닭장 문을 열자 수탉은 기다렸다는 듯 안으로 들어간다.

시인은 "자주 옛날 생각이 났다"라는 시구로 시를 맺는다. 수탉이 가출하는 사건을 가만히 들여다보며 시인은 옛날 생각을 떠올린다. 물론 시에는 그것이 무엇인지 구체적으로 나타나지 않는다. 수탉 가출과 연관된 어떤 사건일 것이라고 그저 추측할 수 있을 뿐이다. 다시 집으로 돌아올 것이면서 수탉은 왜 가출한 것일까? 울타리 안에 있으면 울타리 밖이 아름다운 법이다. 울타리 안에 있던 수탉의 눈에 어느 순간 울타리 밖이 아름답게 보였을 것이다. 수탉은 과감하게 울타리 밖으로 뛰쳐나갔다. 한데, 울타리 안에서 보던 세상과는 완전히 다른 세계가 펼쳐진다. 안에 있을 때는 안이 제대로 보이지 않는다. 한없이 밝아 보이는 바깥을 체험하는 순간 우리는 안이 얼마나 소중한지 깨닫게 된다. 시인이 말하는 "옛날 생각"은 무엇보다 이런 맥락과 이어진다.

공주를 지나다
우리 부부는 눈썰매장 개장했다는 현수막을 보고
추억이 발동하여 금학동 썰매장에 들어섰다

괜찮으시겠냐고 조심스레 묻는 안내원의 말을
듣는 둥 마는 둥 팽개치고
우리 부부는 신나게 웃으며 꽃무늬 장식한 썰매를 타고
내려오는데

썰매 타러 온 젊은 세대들이
웃으면서도 모두 걱정스런 눈빛으로 우릴 보았다

허리도 뻐근 뻐근
다리도 후들 후들거리는데 애써 표정을 감추고 일어났다
하마터면 꽃무늬 썰매가 꽃상여 될 뻔했다

차에 올라타자마자
철모르는 마음을 혼내주려 찾아보지만
아무리 찾아도 그 마음 보이지 않았다
        —「썰매」 전문

위 시에는 "옛날 생각"이 "추억"이라는 시어로 변주되어
나타난다. 어릴 적 추억을 곱씹으며 노부부는 눈썰매장에
들어선다. 안내원이 괜찮겠느냐고 물어도 노부부는 듣는 둥

마는 둥 신경 쓰지 않는다. 마음속 추억이 썰매를 타라고 부추기고 있지 않은가. 부부는 꽃무늬로 장식한 썰매를 신나게 웃으며 타고 내려온다. 마음만은 어린 시절로 돌아간 것만 같다. 썰매를 타고 일어서려는데, 허리가 뻐근하고 다리가 후들거린다. 애써 표정을 감추어도 흔들리는 몸은 어찌할 수가 없다. "하마터면 꽃무늬 썰매가 꽃상여 될 뻔했다"라는 시구로 시인은 눈썰매 타는 게 얼마나 힘들었는지 말하고 있다. 안만 보면 안이 제대로 보이지 않는다고 했다. 밖으로 나가 안을 들여다보아야 비로소 안에 서린 맥락을 이해할 수 있다.

시인은 "철모르는 마음"으로 이 상황을 표현하고 있다. 철모르는 마음이란 무언가에 매인 마음을 가리킨다. 안에 있는 사람은 안의 시선으로 바깥을 판단한다. 자기를 중심에 두고 바깥을 들여다본다. 시인이 철모르는 마음을 찾을 수 없는 까닭은 여기에 있다. 안에 매인 시선을 내려놓아야 비로소 철모르는 마음이 보이는 법이다. '추억'이라는 이름으로 호명된 썰매놀이는 어찌 보면 자기 마음에 매여 바깥 상황을 제대로 들여다보지 못하는 이들의 마음자리를 그대로 반영한다. 마음이 바깥 세계를 만든다. 마음이 끊임없이 그리는 세계에 농락당하고 나서야 시인은 비로소 철모르는 마음을 찾아 나선다. 하지만 쉬이 그 마음을 찾을 수가 없다. 철모르는 마음을 찾는 순간이란 곧 일상을 넘어서는 어떤 순간과 이어져 있기 때문이다. 마음을 내려놓아야 비로소 마음을 찾는 역설이 벌어지는 격이라고 말하면 어떨까?

옛날 생각이든, 추억이든, 철모르는 마음이든 우리는 늘 자기 마음의 그물망으로 사물을 들여다본다. 마음이 세계를 만든다는 말은 정확히 이 문맥에 놓여 있다. 무언가에 매인 마음으로 세계를 보면 사물이 온전히 보이지 않는다. 정순자는 철모르는 마음으로는 찾을 수 없는 어떤 세계를 들여다보기 위해 일상 속에서 일상을 넘어서는 사물의 심연에 시안詩眼을 집중한다. 일상의 사물 하나가 어느 순간 시인을 지금과는 다른 세계로 이끈다. 이를테면, 「해수는 아니겠지」에서 시인은 휴지 줍던 아저씨가 가져간 '신발'을 통해 지난 시간으로 가는 길을 열어젖힌다. 매번 고무줄을 끊고 달아나던 '냇가 집 해수'가 하루는 제기를 차다가 벗겨진 어린 시인의 검정 고무신을 뒷간에 던지고 도망쳤다. 긴 막대기로 고무신을 건져 올린 아이는 울음을 매단 채 냇가에서 한없이 고무신을 닦았다.

시간이 흐르면서 이 일은 '추억'이 되어 시인의 마음 깊이 새겨졌다. 시인은 오늘 신발을 가져간 그 아저씨가 자기 모르게 신발을 숨겨 놓은 해수가 아닐까 생각한다. 물론 아저씨가 해수가 아니라는 걸 시인이 모를 리 없다. 그러면서도 시인은 행여 그 아저씨가 해수였으면 하는 마음을 내보인다. 해수가 숨긴 신발=고무신에는 어른이 되기 전의 순수함이 묻어 있기 때문이다. 마음에 때가 묻지 않은 시절을 떠올림으로써 시인은 철모르는 마음으로는 이를 수 없는 어떤 세계에 가닿는다. 그곳에는 알밤이 떨어질 때면 자루 배낭 하나 만들어 들고, 깊은 산속으로 들어가던 오래전의 할머니(「알밤」)가 있고, 반질반질한 작대기를 들고 호령하던 아버지(「아버지의 작대기」)도 있다. 해수가 숨긴 신발은 어느새 할머니의 알밤이 되고, 아버지의 작대기가 되어 지금과는 다른 새로운 세계로 펼쳐진다.

동창생 상득이는
리어카에 한가득 옷을 담고
골라! 골라! 외치며 중앙시장을 누비며 옷을 팔았다

꺼벙한 얼굴에 잠바 하나 걸친 상득이가
나와 눈이 마주치면 피식 멋쩍게 한번 웃고는
또다시 골라 골라 외쳤다
　—「골라 골라」부분

대청댐 끝자락에 위치한 민물 새우탕 집에 점심 먹으러
갔다가 아주머니 한 분이 식당 바로 앞 배추밭에서 배추를
뽑고 있기에 크기도 적당하고 가격도 저렴해 20포기를 사
다가 혼자 김장을 했다

저 혼자 살겠다고 집 나간 마흔 넘은 큰아들한테 갖다 먹
으라고 문자를 보냈더니 퇴근길에 와서는 *아이고 어떻게
혼자 하셨어요 고생 많이 하셨어요 내년에는 며느리와 함
께 김장도 하고 수육도 삶고 막걸리도 한잔해야겠어요* 하
면서 넉살을 부린다

그 말속에 어쩌면 좋아하는 여자가 있을지 모른다는 기대
감에 김장했던 고단함이 사르르 녹아내렸다
　—「말 한마디」전문

흰 눈 소복이 내리는 날
간고등어를 굽고 있다

노릇노릇 익어가는 간 고등어 속으로
박 시인을 사랑한 희정의 한 생이 보이고
그때 팔아주지 못한 나의 안타까움이 배인다
— 「간고등어」 부분

정순자 시에는 일상에서 만난 사람들이 여기저기 나온다. 한 시절 만나 헤어진 사람도 있지만, 그 인연이 현재로 이어져 마음자리를 그득히 채우는 인연으로 거듭난 이들도 많이 있다. 「골라 골라」에 등장하는 동창생 상득이는 리어카에 한가득 옷을 담고 중앙시장을 누비며 옷을 판다. 시인과 눈이 마주칠라치면 그는 피식 멋쩍게 한번 웃고는 '골라, 골라'를 외친다. 시인과 상득이 사이에는 함부로 지울 수 없는 시간의 때가 묻어 있다. 시간의 때가 묻을수록 더욱더 깨끗해지고 순수해지는 상득이를 시 세계로 불러냄으로써 시인은 시간이 흘러도 변하지 않는 삶의 자리를 펼쳐내고 있다. 일상이 시간의 지배를 받는다면, 일상 너머의 사물은 그 시간에서 자유로이 움직인다. "꺼벙한 얼굴에 잠바 하나 걸친 상득이"의 모습은 바로 이 지점에서 일상과는 다른 시적 형상으로 거듭나는 셈이다.

「말 한마디」에 나타나는 시인과 마흔 넘은 큰아들의 관계 또한 일상의 맥락으로는 헤아릴 수 없는 시적 의미를 그 안에 품고 있다. 배추 20포기를 혼자 담그는 시인이 혼자 사는 큰아들한테 김치 갖다 먹으라는 문자를 보냈다. 퇴근길에 들른 큰아들은 고생한 어미에게 내년에는 며느리와 함께 김장도 하고 수육도 삶고 막걸리도 한잔 마셔야겠다며 넉살을 떤다. 어미는 혼자 사는 아들을 걱정하고, 아들은 혼자서 고생하는 어미를 걱정한다. '며느리'란 말에 꽂혀 큰아들에게 "여자가 있을지 모른다는 기대감에 김장했던 고단함이 사르르 녹아내"리는 어미의 마음이 시심詩心이 아니라면 무엇이라고 할까? 일상의 시심이란 이런 것이다. 말 한마디에 상대를 향한 온전한 마음이 담겨 있다. 그 마음을 사랑이라고 말해도 상관없고, 배려라고 말해도 상관없다.

앉은뱅이 박 시인을 사랑한 여인의 한 생을 노래한 「간고등어」에도 사람과 사람 사이에서 피어나는 사랑과 배려의 마음은 여지없이 나타난다. 남편이 시를 쓰는 시간에 아내는 간고등어를 팔아 생계를 책임졌다. 흰 눈이 소복이 내리는 어느 날, 시인은 간고등어를 구우며 친구의 사랑을 가만히 떠올린다. 친구의 딱한 사정을 알면서도 친구처럼 가난했던 시인은 간고등어 하나 제대로 팔아주지 못했다. 노릇노릇 익어가는 간고등어의 냄새를 맡으며 시인은 박 시인과 사랑을 나눈 친구의 한 생을 들여다보고, 동시에 "그때 팔아주지 못한 나의 안타까움"이 온몸에 배여 있는 걸 느낀다. 사람들 저마다 사정이 있다. 자기 사정만 보는 사람들은 다른 이의 사정에는 항상 눈을 감아버린다. 시심詩心을 품고 세상을 보는 사람은 어떨까? 박 시인을 사랑하는 친구 희정의 마음이 시심이라면, 가난한 친구를 안타깝게 바라보는 마음 또한 시심이라고 할 수 있다.

「강아지」를 참조한다면, 시심은 밭 아래 농수로에 떨어져 애타게 짖어대는 강아지를 연민하는 마음과 이어져 있다. 누군가 구해주지 않으면 강아지는 한 많은 삶을 마치게 될 것이다. 겁에 질린 강아지를 향해 손을 뻗은 시인은 빗물에 흠뻑 젖은 채 간신히 강아지를 살린다. 이후 강아지는 시인을 만날 때마다 반가워 꼬리를 뒤흔든다. 위험에 빠진 강아지를 살리고 싶은 마음은 인위人爲가 아니다. 농수로에 빠진 강아지를 보는 순간 시인은 저도 모르게 손을 내뻗어 강아지를 살렸다. 이것이 생명을 향한 사랑이고, 사물을 향한 사랑이다. 시심은 무엇보다 이런 사랑의 마음에서 비롯된다. 정순자 시를 관류하는 일상의 미학은 사물에 대한 지극한 사랑과 밀접하게 연동되어 있다. 그녀에게 시는 일상에서 피어나는 사랑의 시심을 확인하는 장소라고 할 수 있다.

　　폭우로 많은 피해가 발생했다는 뉴스를 들으며
　　비 그친 오후 산책로 의자에 앉아 있다

　　비둘기 한 마리가 다리를 절며 모이를 쪼아 먹다가
　　아픈 듯 한쪽 발을 올리고 서있기를 반복했다
　　이번 폭우로 다친 듯하였다

　　한참 비둘기를 보고 있으려니
　　어릴 적 공주 사곡 능계길 논 가운뎃집 금숙이가 생각
났다

　　막내인 금숙이는 소아마비로 다리가 굽혀지지 않아
　　매일 학교 오갈 때 나를 붙잡고 다니거나
　　동생을 붙잡고 다녔다

　　덕분에 매년 학교에서

동생과 함께 착한 어린이상을 받기도 했다

하루는 비 오는 날
좁은 논두렁길에 넘어져
흙투성인 채로 금숙이네 집에 도착하니
금숙이 오빠가 고맙다며 내 젖은 머리와 얼굴을 닦아주
었고
금숙이 엄마는 눈물을 감추며 언니 옷으로 갈아입혀 주
었다

해는 기울고
금숙이와 비둘기 생각이 한데 합쳐져
산책로 옆 냇물로 흘러가고 있다
　　　　　　　　　　　　—「금숙이와 비둘기」 전문

　다리를 절며 모이를 쪼아 먹는 비둘기를 보다가 시인은 문
득 "어릴 적 공주 사곡 능계길 논 가운뎃집 금숙이"를 떠올
린다. 막내로 태어난 금숙이는 소아마비로 다리가 잘 굽혀
지지 않아 학교를 오갈 때마다 어린 시인과 동생을 붙잡고
다녔다. 무엇을 바라고 아이들이 금숙이를 돕지는 않았으리
라. 금숙이가 학교에 가려면 누군가가 도와야 한다. 아이들
은 기꺼운 마음으로 금숙이를 돕는다. '어린이상'을 받기 위
해 도운 것도 아니고, 어른들의 칭찬을 듣기 위해 도운 것도
아니다. 도와야 할 아이가 곁에 있기에 아이들은 행복한 마
음으로 손을 내밀었을 것이다. 어른이 된 시인이 이 시절을
회상하는 까닭은 여기서 비롯된다. 나이가 들면서 시인은

아이 때의 이런 마음을 잃었을 테다. 그러다가 어느 순간 한쪽 발을 올리고 모이를 쪼는 비둘기를 보았다. 시심이란 이런 순간에 자연스레 피어오른다.

금숙이 가족이 아이들의 이런 마음을 모를 리 없다. 자기들이 해야 할 일을 아이들이 해주는 격이 아닌가. 어느 비 오는 날, 금숙이가 그만 좁은 논두렁길에 넘어져 흙투성이가 되었다. 금숙이를 도와준 아이들이라고 다르지 않았을 것이다. 흙투성이가 된 아이들을 본 금숙이 오빠는 "고맙다며 내 젖은 머리와 얼굴을 닦아주었고/ 금숙이 엄마는 눈물을 감추며 언니 옷으로 갈아입혀 주었다". 금숙이 오빠와 엄마는 아이들을 탓하지 않는다. 그러기는커녕 오빠는 고맙다 인사하고, 엄마는 눈물을 감추며 아이들 옷을 갈아입힌다. 아이들은 금숙이 본래의 모습을 그저 받아들이고, 금숙이 오빠와 엄마 또한 도와주는 아이들의 본래 모습을 그저 받아들인다. 다리를 다친 비둘기를 보는 시인의 마음 또한 이와 다르지 않다. 정순자는 금숙이를 보는 마음과 비둘기를 보는 마음에서 시로 들어가는 길을 발견한다고나 할까?

96세 어머니의 요양 병원 생활을 표현한 「어머니」에도 아픈 생명을 바라보는 시 쓰기 방식이 온전히 드러난다. 병원에서 연세가 제일 많은 어머니는 당신보다는 늘 가족들을 걱정한다. 어느 며느리가 대소변을 받아내며 좋아하겠느냐며 병원이 마음 편하다고 말할 정도다. 슈퍼 하며 한창 바쁠 때 시인 대신 어머니가 손자를 애지중지 길러냈다. 참으로 긴 시간 속에서 어머니와 딸이 쌓은 정이야 어떻게 말로 표현할까? 어머니의 바싹 마른 뼈마디를 볼 때마다 딸은 가슴이 미어진다. 시인은 흑임자 깨죽을 먹는 "어머니 얼굴"을 가만히

들여다본다. 어머니 얼굴에는 헤아릴 수 없이 많은 시간의
때가 묻어 있다. 시간이 더 흐르면 시인 또한 어머니의 얼굴
을 한 채 며느리의 얼굴을 마주하게 될 것이다. 어머니와 딸
사이에 놓인 사랑은 이로써 한마음으로 연결된다. 시간의
향기가 드리워진 어머니 얼굴을 시 세계로 불러냄으로써 정
순자는 시간 속에서 시간을 넘어 펼쳐지는 사람들의 '얼굴'
에 다가가는 셈이다.

집 거실에 앉아
마주 바라볼 수 있는 식장산

어느 날에는 반가움을
어느 날에는 그리움을
어느 날에는 사랑스러움을
어느 날에는 비에 흠뻑 젖은 애처로움을 주는 식장산
—「식장산」 부분

꿀고구마를 굽는다 리빙웰 통속에서 온도와 시간을 잘 견
뎌낸 고구마는 껍질이 약간 탄 듯 거무잡잡해도 속에는 꿀
이 흐른다 손자와 며느리가 좋아해서 아들 집에 갈 때도 고
구마를 굽고 시어머니 생전에 잘 드셨기에 산소에 갈 때도
고구마를 굽는다 오늘은 간신히 죽 드시는 어머니를 뵈러
요양원에 가기 위해 고구마를 굽는다 노릇노릇 잘 익은 고
구마 속에는 꿀이 흐르고 내 눈에는 눈물이 흐르고
—「꿀고구마」 전문

집도 필요 없소
옷도 필요 없소

춘하추동 알몸으로
흙속에 안겨 든 지렁이

닭이 보면 닭의 먹이가 되고
새가 보면 새의 먹이가 되는

그래도 살다가 죽으면
개미에게 알리는
 ―「보시布施」 전문

유모차에 손자 태우고 강변을 걷던 당신이 잠시 강변에
서서 물수제비를 뜨자 작은 돌멩이가 사뿐사뿐 고양이 발
로 가는 듯하다가 풍덩 물속으로 빠지자 강물은 은빛 꼬
리를 흔들며 경쾌하게 반짝이고 갈대들은 재밌다고 온몸
을 흔들어대

유모차 안의 쌍둥이 손자들도
연신 짝짜꿍 짝짜꿍
 ―「짝짜꿍」 전문

「식장산」에서 시인은 집 거실에 앉아 산을 바라본다. 마음
상태에 따라 식장산은 반가움으로 다가올 때도 있고, 그리
움으로 다가올 때도 있다. 사랑스러움으로 다가올 때도 있

는가 하면 비에 흠뻑 젖은 애처로움으로 다가오기도 한다. 언제나 그 자리에서 한눈도 팔지 않고 다가오는 식장산을 보며 시인은 헤아릴 수 없이 많은 감정을 느낀다. 100년 인생을 사는 인간이 떠나도 식장산은 그 자리에 남아 여전히 시간을 살 것이다. 과거의 누군가가 보아온 식장산을 지금 시인이 보고 있듯, 지금 시인이 보는 식장산을 미래의 누군가가 보게 될 것이다. 삶이란 이리 보면 별다른 게 아니다. 시간을 따라 길을 걷다 보면 우리는 어느새 죽음이라는 목적지에 이르게 된다. 식장산도 그것을 알고, 식장산을 보는 시인도 그것을 안다. 96세 어머니의 얼굴에 드리워진 시심詩心 또한 이와 다르지 않을 것이다.

식장산에서 피어나는 다양한 얼굴은「꿀고구마」에서는 고구마를 굽는 시인의 눈물로 변주되어 표현된다. 생전의 시어머니는 고구마를 좋아했다. 그런 시어머니를 위해 시인은 산소에 갈 때마다 고구마를 굽는다. 손자와 며느리도 고구마를 좋아해 아들 집에 갈 때도 그녀는 고구마를 정성스레 굽는다. 요양 병원에 있는 어머니를 위해서도 고구마를 굽는 시인의 이 마음을 우리는 어떻게 받아들여야 할까? 시인은 "눈물"을 말하고 있다. 고구마를 구우면서 시인은 산 자와 죽은 자를 아울러 만난다. 죽은 자를 그리며 시인은 고구마를 굽고, 산 자를 향한 사랑으로 시인은 고구마를 굽는다. 고구마를 굽는 일 하나에서도 피어나는 시간의 향기를 가만히 맡아보라. 정순자는 이 향기를 언어로 표현하는 데 진력한다. 그립고 아름다운 사람에게서 피어나는 사랑의 향기라고 말해도 무방하겠다.

「보시」에 이르면, 시간 속에서 피어나는 생명의 향기를 시인은 보시하는 마음과 연결하고 있다. 보시하는 마음은 "춘하추동 알몸으로/ 흙속에 안거 든 지렁이"에게서 구체적으로 나타난다. 지렁이는 집도 옷도 필요 없다. 사방에 널린 흙속이 곧 집이다. 닭에게는 닭의 먹이가 되고, 새에게는 새의 먹이가 되는 지렁이의 삶을 엿보며 시인은 '보시'라는 말에 드리워진 의미를 되새긴다. 보시는 생명을 향한 자비심을 가리킨다. 조건 없이 베푸는 환대의 의미도 지니고 있다. 한 생을 마친 지렁이는 죽으면 이내 개미의 먹이가 된다. 그렇게 태어나 그렇게 살아가는 게 지렁이의 운명 아니냐고 물을 수 있다. 시인이 이것을 모르고 지렁이의 보시를 얘기하지는 않았을 것이다. 보시는 보시하는 마음조차도 내지 않는 상황에서 펼쳐진다. 자기를 내세우지 않는 데서 보시하는 마음이 펼쳐진다는 말이다.

자기를 내세우지 않는 사람은 늘 타인의 시선으로 세상을 볼 준비가 되어 있다. 자기를 중심으로 바라보는 세계는 늘 이것과 저것으로 나누어져 있다. 이것이 옳으면 저것이 그르고, 저것이 옳으면 이것은 그르다. 이런 마음으로 세상을 보는 사람은 절대로 시를 쓸 수가 없다. 시심은 이것과 저것을 나누는 분별심과는 다른 맥락에 놓여 있다. 「짝짜꿍」이라는 시를 가만히 들여다보라. 유모차에 손자를 태우고 강변을 산책하던 할아버지가 강변에 서서 물수제비를 떴다. 작은 돌멩이가 사뿐사뿐 고양이 발로 물결 위를 튀더니 이내 퐁당 물속으로 빠진다. 순간 강물은 은빛 꼬리를 흔들며 경쾌하게 반짝이고, 그 장면을 본 갈대들은 재밌다며 온몸을 흔들어댄다. 유모차 안의 쌍둥이 손자들 역시 연방 손뼉을 치며 짝짜꿍, 짝짜꿍 흥겹게 논다. 이런 세계를 무엇이라 표현하면 좋을까?

정순자의 시는 은빛 꼬리를 흔들며 경쾌하게 반짝이는 강물과 닮았고, 짝짜꿍, 짝짜꿍 손뼉을 치며 노래하는 쌍둥이 손자들의 무구한 웃음과도 닮았다. 일상에서 숱하게 벌어지는 일들이 그녀에게는 시를 낳는 원천으로 작용한다. 누구나 일상을 산다. 일상을 살며 그들은 누군가를 만나 쉬이 끊을 수 없는 인연을 만든다. 정순자는 순간순간 펼쳐지는 일상사에 시 언어의 힘을 불어넣는다. 언어가 이토록 아름다운 세계를 만드는 게 아니다. 이토록 아름다운 세계가 언어를 통해 표현될 뿐이다. 유모차 안에서 방긋 웃는 아이들의 얼굴을 떠올려 보라. 언어로 표현되기 이전의 세계가 거기에는 스며 있다. 정순자는 이런 세계를 향해 묵묵히 걸어가고 있다. 사물 자체를 온전히 들여다보는 시심으로 그녀는 이것과 저것을 분별하지 않는 세계로 가만히 다가선다.

정 순 자

정순자 시인은 충남 공주에서 태어났고, 2025년 『애지』로 등단했
다. 『식장산』은 정순자 시인의 첫 번째 시집이며, '일상에서 피어
나는 사랑의 시심詩心'이라고 할 수가 있다.
정순자 시인은 순간순간 펼쳐지는 일상사에 시 언어의 힘을 불어
넣는다. 언어가 이토록 아름다운 세계를 만드는 게 아니다. 이토
록 아름다운 세계가 언어를 통해 표현될 뿐이다. 유모차 안에서
방긋 웃는 아이들의 얼굴을 떠올려 보라. 언어로 표현되기 이전의
세계가 거기에는 스며 있다.

이메일 j7877asdf@naver.com

정순자 시집

식장산

발   행   2025년 5월 20일
지은이   정순자
펴낸이   반송림
편집디자인   반송림
펴낸곳   도서출판 지혜, 계간시전문지 애지
기획위원   반경환
주   소   34624 대전광역시 동구 태전로 57, 2층 도서출판 지혜
전   화   042-625-1140
팩   스   042-627-1140
전자우편   eji@ji-hye.com
               ejisarang@hanmail.net
애지카페   cafe.daum.net/ejiliterature

ISBN   979-11-5728-569-3   03810
값   12,000원